Antje Sabine Naegeli

Zwischen Angst und Vertrauen

Gedanken für Trauernde

BRUNNEN

Ein Wort zuvor

Aus eigenem Erleben heraus weiß ich,
wie beschwerlich und notvoll
der Weg durch die Trauer zu sein vermag.
Nicht selten bilden Mangel an Einfühlung,
Gedankenlosigkeit und Unverständnis der Umgebung
eine zusätzliche Belastung in einer ohnehin krisenträchtigen Zeit.
Ich möchte mit den nachfolgenden Gedanken
in ein inneres Gespräch eintreten mit Menschen,
die Abschied nehmen mussten.
Dabei sehe ich mich nicht als die,
die „es weiß“, sondern als eine,
die ihrerseits fragend und suchend unterwegs ist.

Antje Sabine Naegeli

Ein Mensch ist dir entrissen worden,

mit dem du dich zusammengehörig wusstest,
der so wichtig war für dein Leben.

Ich weiß nicht, wie lange das her ist,
wo ich dich antreffe

auf dem Weg durch die Trauer.

Aber ich habe erfahren, dass es einem manchmal so vorkommt, als wolle dieser Weg nie ein Ende nehmen. Eine unsichtbare Mauer ist zurückgeblieben zwischen dir und den Menschen, für die das Leben seinen gewohnten Gang geht.

Immer wieder wirst du eingeholt
von dem Gefühl
einer tiefen Verlassenheit.

Bis auf den Grund ist die Seele aufgerissen,
und es fällt schwer zu glauben,
dass diese Wunde je verheilen kann.
Begreifen lernen, dass der andere nicht mehr da ist,
dass er nie mehr zurückkehren wird,
das ist ein weiter, beschwerlicher Weg.
In kleinen Schritten nur
kann unsere Seele sich
nach und nach vertraut machen
mit der so unfassbaren neuen Lebenssituation.

Manchmal,
für Augenblicke,

*schleicht sich der Gedanke ein,
es sei alles nur
ein böser Traum gewesen.*

Du glaubst,
die Schritte des geliebten Menschen
vor der Tür zu hören,
seine Stimme im Gang draußen,
bis der Verstand dich
in die bittere Realität hinein aufweckt.
Wie sollte deine Seele nicht
nach dem Verlorenen suchen.
Zu viele Fäden sind es,
die euch zusammengewebt haben.

Trauer ist das unüber-sehbare Zeichen

dafür, dass du den, von dem du hast Abschied
nehmen müssen, geliebt hast.
Vielleicht mit einer unvollkommenen Liebe,
vielleicht war auch Abhängigkeit dabei;
wer will das Ineinander entwirren?
Ob du, wenn du gewusst hättest, wie brutal
das Auseinandergerissenwerden seine
Verwüstungsspur in dein Leben reißt,
dich gegen euer Miteinander entschieden hättest?
Ich weiß, es ist eine müßige Frage.
Du kannst die Geschichte,
die euch miteinander verwoben hat,
ja nicht neu zu schreiben beginnen.
Aber vielleicht hilft dir das nochmals
bewusst vollzogene Ja, den Schmerz als
Zeugen eurer Liebe sehen zu lernen.

Es kommt vor, dass der Zurückgebliebene
das Gefühl hat, das Leben in ihm sei mit
fortgerissen worden.
Er ist keiner Tränen fähig,
funktioniert wie an unsichtbaren Fäden hängend,
ohne dass irgendeine Empfindung in ihm sich regte.
Wie ein Fremder steht er neben sich.
Wenn es dir so ergehen sollte und du darüber
erschrickst, so wisse,
dass das Herz froststarr geworden ist,
weil du den Schmerz sonst nicht aushalten könntest.

*Wenn die Zeit reif ist,
wird der Eispanzer schmelzen
und die Trauer sich lösen.*

Allein zurückgelassen

werden heißt auch,
dich Gefühlen ausgesetzt zu finden,
vor deren Heftigkeit du manchmal erschrickst:
sich aufbäumen, aufschreien, das Leben und Gott anklagen,
vielleicht auch den Menschen, der dich verlassen hat,
unbändigen Zorn empfinden und wieder abstürzen
in die Abgründe stummer Resignation –
was wird da nicht alles aufgewühlt
vom Grund der Seele her.

Immer wieder werden die Bilder der letzten Tage und Wochen
wie ein Film vor deinem inneren Auge ablaufen.
Es ist, als müsstest du die Stunden des Schreckens innerlich wiederholen,
weil sie so unfassbar, so unbegreiflich sind.
Und mit diesen Bildern kommt die Angst,
etwas versäumt zu haben,
dem geliebten Menschen etwas schuldig geblieben zu sein,
und gleichzeitig zu wissen, dass es zu spät ist,
dass er nicht mehr erreichbar ist für

die Zeichen deiner Liebe.

Erst nach und nach wird die Seele
den Blick auf die ganze Wirklichkeit wieder freigeben.
Du wirst wieder wahrnehmen können, was an

Beglückendem und Schönem

da war in euren gemeinsamen Jahren.
Du wirst neben dem, was du versäumt hast,
auch das wieder wahrnehmen,
was du hast geben dürfen zur Freude des Menschen,
der dir kostbar war.

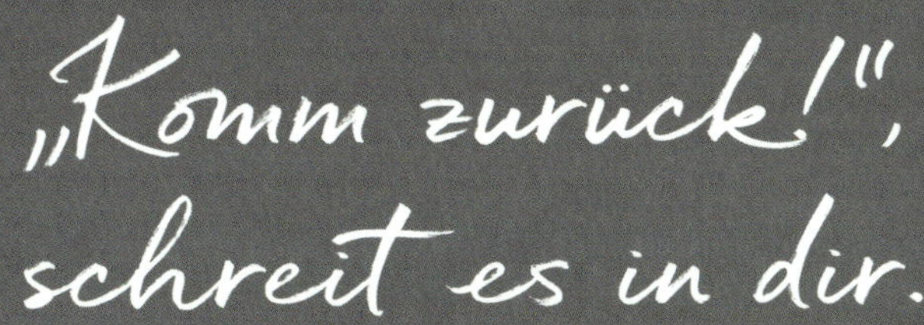

Und manchmal wird der Wunsch,
dem anderen nachzusterben, übergroß.
„Was soll ich noch auf dieser Welt ohne ihn?“,
fragst du verzweifelt.
Ich will dem keine Sinnmöglichkeiten entgegenhalten;
das steht mir nicht zu.
Du allein wirst eines Tages in die Antwort
hineingewachsen sein,
was den Sinn deines Noch-hier-Seins
ausmachen könnte.
Aber bis dahin ist es womöglich noch ein weiter Weg.

Vielleicht ist es hilfreich zu fragen, was der Mensch,
den du hast hergeben müssen, für dich wünschen würde.

*Wenn er ein Liebender gewesen ist,
kann es sein Wollen nicht sein,
dass dein Leben mit seinem Gehen
verkümmert und erlischt.*

*Werde ich es schaffen,
weiterzugehen ohne diesen Menschen
an meiner Seite, der mir so wichtig war
wie kein anderer?*

Diese bange Frage wird sich dir wieder und wieder stellen.
Selbst wenn du früher schon einmal
einen nahen Menschen hast hergeben müssen,
weißt du dennoch nicht,
wie es dir diesmal ergehen wird.

Es ist mehr als verständlich,
wenn du Angst hast
vor der ungewissen Zukunft,
vor dem Alleinsein, dem du dich
nicht gewachsen fühlst.

Du gleichst einem Menschen, der sich am Fuße
eines dunklen, bedrohlichen Berges befindet,
den er besteigen muss, ohne um das Wie zu wissen.
Es kann lähmend sein, sich das Ganze des Weges vor Augen zu halten.
Wie kann das je zu schaffen sein, wenn die Kraft so klein ist …
Hilfreich ist es, den Blick nur auf das nächste Wegstück zu lenken
und manchmal nur auf den nächsten Schritt.
Ein Mensch auf dem Weg der Trauer wird manchmal von Stunde
zu Stunde sich vortasten müssen, um seiner Kraft Sorge zu tragen.

Einen Menschen begraben zu müssen heißt auch,

Abschied zu nehmen
von Hoffnungen,

die wir mit ihm verbunden haben:
der Hoffnung auf mehr Nähe, auf tieferes Verstandensein,
auf die Rückkehr von etwas, was zwischen uns verloren ging
oder nie hat entstehen dürfen.
Wir trauern darüber, dass unsere Beziehung nicht so war,
wie wir es ersehnt und womöglich dringend gebraucht hätten.
Solange der andere lebte, konnten wir hoffen,
dass uns das Entbehrte doch noch zuteil werden würde.
Der Tod macht das Nichtgehabte auf schmerzliche Weise endgültig.

Es ist wichtig für unser Weitergehen,
dass die Trauer um vergeblich Ersehntes gelebt
und ausgedrückt werden darf.

Manchmal müssen Trauernde die Erfahrung machen,
dass ihnen anfänglich Anteilnahme
und Aufmerksamkeit geschenkt werden;

wenn jedoch die ersten Wochen vorüber sind, fühlen sich viele mehr und mehr alleingelassen.

Die Umwelt reagiert mit Befremden und Unverständnis,
wenn du nach einiger Zeit nicht zurückgefunden hast
ins ganz normale Leben.

Du spürst den Druck der Erwartung,
jetzt endlich nach vorn zu schauen
und nicht mehr zu reden von dem,
was dir geschehen ist.
Dann kann dich die Angst beschleichen,
den anderen lästig zu werden mit deiner Traurigkeit,

*und du läufst Gefahr,
mit zwei Gesichtern
zu leben.*

Wenn du allein bist, verdunkeln sich deine Züge.
Du spürst, dass immer noch Tränen da sind,
die herauswollen.
Wenn du anderen begegnest,
versuchst du den Eindruck zu erwecken,
als liege alles Abschiedsschwere hinter dir.

Es macht Sinn, nicht jedem Menschen zu zeigen,
wie es dir ums Herz ist. Du hast ja längst erfahren,
dass nicht jeder mit deiner Trauer umzugehen weiß.

*Und doch brauchst du Orte,
wo du schutzlos sein und
deinen Schmerz zeigen darfst.*

Lass dir nicht einreden, es sei „nicht normal“,
wenn du dich länger als ein paar Wochen
durch den Abschiedsschmerz kämpfen musst.
Manchmal reichen Wunden so tief, dass es erst nach
Jahren wieder uneingeschränkt möglich wird,
sich im gegenwärtigen Leben zu verankern.

Es ist gut, wenn du den Blick schärfst für Menschen,
die trauererfahren sind.

Du wirst spüren, dass du dich bei ihnen angstfrei zeigen darfst.

Ohne lange Erklärungen wirst du verstanden sein
und deine Trauer als berechtigt bestätigt fühlen,
wie viel Zeit seit dem Abschied auch verstrichen sein mag.

Narben bleiben. Es wäre unrecht, dies zu verschweigen.
Immer wieder wird es Tage geben, an denen der Schmerz zurückkehrt.

Du wirst es auch erfahren:
Du erlebst Dinge, die du so gern zum anderen hingetragen,
mit ihm geteilt hättest.
Es ist noch so viel Zärtlichkeit für ihn in deinem Herzen,
und du kannst sie ihm nicht mehr schenken.
Erinnerungen, die euch wichtig waren, werden wach.

Die vielen „Weißt-du-noch" fallen auf dich zurück.

„Die Zeit heilt Wunden", sagt der Volksmund.
Aber nicht immer trifft das zu.
Es gibt Wunden, die keine Zeit der Welt zu heilen vermag.
Viel eher als die Zeit ist es

die Dankbarkeit

für das Dagewesensein des geliebten Menschen,
der heilende Kräfte innewohnen.
Der zur Dankbarkeit fähige Mensch
steht seinem Schmerz anders gegenüber
als der, der sie nicht in sich spürt.

Fast scheue ich mich, von der Dankbarkeit zu reden.
Ich weiß, es ist müßig, einen Menschen aufzufordern,
er müsse dankbar sein für alles, was er gehabt hat.
Das klingt mir zu sehr nach moralischem Zeigefinger
und läuft darauf hinaus, dass dem Trauernden das Recht
auf Schmerz und Klage verwehrt oder beschnitten wird.
Nein, so meine ich es nicht.

Dankbarkeit ist nicht ein Sichzusammenreißen aus Vernunftgründen.
Sie wird in der Tiefe des Herzens geboren,
kann uns weder von uns selbst
noch von anderen abverlangt werden.

Dankbarkeit schlägt Wurzeln,

wenn wir zurückwandern mit Gedanken und Gefühlen
in die kostbaren Stunden und Augenblicke,
die uns gewärmt, ermutigt und beglückt haben
im Miteinander mit dem geliebten Menschen.

Manchmal gibt es Momente,
in denen du dich innerlich etwas ruhiger fühlst.
Dann kann es gelingen, nach dem zu fragen,
was in dir von dem Menschen, den du hast
hergeben müssen, zurückbleibt.
Was ist eingegangen in die Erde deines Herzens?

Was hat dieser geliebte Mensch
geweckt in dir,
was ohne ihn
so nicht da wäre?

Vielleicht, in Stunden der Entmutigung und der Selbstzweifel,
hörst du in deinem Inneren seine Stimme,
begegnest du seinen Worten,
mit denen er dich zuweilen zu trösten verstand.
Vielleicht, wenn du Gefahr läufst aufzugeben,
siehst du ihn vor dir, wie er sich den Dingen des Lebens gestellt hat;
und es ist, wie wenn von diesem Sichvergegenwärtigen
ein Stück Kraft auf dich überginge.
Nein, es zählt nicht nur das große Nicht-mehr.

*Du hast vieles empfangen
vom anderen, was in dir weiterlebt
und dir Kraft gibt,
deinen Weg zu gehen.*

Die Spur
deiner Worte

Die Spur
deiner Umarmung

Die Spur
deines Lachens

Niemand kann sie auslöschen
in mir

Es ist schwierig für uns, über das Wohin unserer Toten etwas auszusagen,
das über die Hoffnung hinausgeht.
Unser Verstand stößt hier an eine unaufhebbare Grenze.
Die Seele aber hat feinere Antennen als der Intellekt.
Nicht wenige Menschen wissen zu berichten

*von Träumen,
die sie auf seltsame Weise
getröstet haben.*

In diesen Träumen sind sie dem Verstorbenen begegnet,
haben ihn angetroffen in einer Atmosphäre von Licht und Frieden.
Ein solcher Traum kann sich so tief einprägen,
dass er oft ein Leben lang nicht vergessen wird.
Ein bloßer Fantasie- und Wunschtraum würde die nachhaltige Wirkung,
von der Betroffene zu berichten wissen, kaum haben können.
Träume sind keine Beweise, aber sie sind Zeichen, die Mut und Hoffnung geben.

Hoffnung können wir nicht an uns reißen. Wir können sie nicht besitzen, aber wir können uns öffnen für das Vertrauen, in das uns Christus eingeladen hat: In das Vertrauen, dass wir durch das Sterben hindurch hineingehen in eine Wirklichkeit, von der wir nur in Bildern reden können, weil sie unsere Vorstellungskraft übersteigt.

Wir sagen „Himmel", „Licht", „Ewigkeit", und wir meinen damit

die Zuversicht,

dass wir in eine Welt hineingehen, die durchdrungen und getragen ist von der liebenden Gegenwart Gottes.

Diese Hoffnung,

auch wenn sie dir zuweilen entgleiten mag,

möge dich finden
und bergen,

wo immer du unterwegs bist
im Land der Trauer.

Hoffnung

Dass dort, wo du hingegangen bist,
kein Leid mehr dich beschwere,
keine Angst auf dir laste
und du satt werdest an allem,
wonach du hier vergeblich
gehungert hast.
Dass du wiederfindest,
die du verloren hast auf dieser Erde,
und auch wir beide
uns eines Tages wiedersehn,
diese Hoffnung soll meine Tür
offen finden.

5. Auflage 2018

www.brunnen-verlag.de
Redaktion: Renate Hübsch
Umschlaggestaltung: Jonathan Maul und Daniela Sprenger
Gestaltung und Satz: Eva Joneleit
Fotos: Photocase: S. 2 Helgi, S. 4 Coralie, S. 7, S. 9 GabiPott,
S. 10 Catalenca, S. 13 ViewNX, S. 14 wronge57, S. 17 myn,
S. 18 Dirk Hinz, S. 21, S. 23 Picture Project,
S. 24 Andreas Schibilla, S. 27, S. 39, S. 41 nailiaschwarz,
S. 43 Kemai, S. 49 Lutz Wallroth, S. 53 rohulya, S. 59,
S. 56 Vapi, S. 59, S. 60 Ver.1.02, S. 64 Manuel Langer;
alle übrigen Shutterstock
Druck: Graspo, Tschechien
ISBN 978-3-7655-3204-7